TÎRTHIKAS ET BOUDDHISTES

POLÉMIQUE ENTRE NIGAṆṬHA ET GAUTAMA.

PAR

L. FEER.

Tiré du vol. II des Travaux de la 6e session du Congrès international des Orientalistes à Leide.

LEIDE. — E. J. BRILL.

1884.

TÎRTHIKAS ET BOUDDHISTES

POLÉMIQUE ENTRE NIGANTHA ET GAUTAMA.

PAR

L. FEER.

Tiré du vol. II des Travaux de la 6e session du Congrès international
des Orientalistes à Leide.

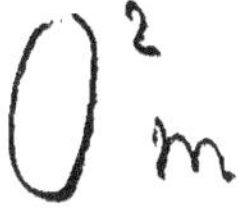

LEIDE. — E. J. BRILL.
1884.

POLÉMIQUE ENTRE TÎRTHIKAS ET BOUDDHISTES.

§ 1. *Imputation dirigée contre le Buddha; textes relatifs à la question.*

Le système de morale qui, sous l'influence d'un spiritualisme outré ou d'un mysticisme exalté, n'attache d'importance, de valeur, de réalité même qu'à l'âme et à ses opérations, dédaigne les actes du corps, les regardant comme indifférents, et ouvre ainsi la porte aux plus honteux désordres, a été imputé à tort ou à raison à plusieurs sectes religieuses ou philosophiques. L'une des plus anciennes parmi ces accusations, et, en même temps, ce qui surprendra peut-être, une des mieux précisées, est celle qui a été dirigée contre le fondateur du Bouddhisme, le Çramana Gautama, Çâkyamuni.

Nous connaissons trois textes qui nous éclairent sur cette question: c'est peu, et c'est suffisant. Assurément, il y aurait un grand intérêt à rassembler les textes épars dans le canon bouddhique qui peuvent y avoir trait; mais il est douteux qu'ils apportassent de grandes lumières. Tout porte à croire qu'ils ne feraient guère autre chose que confirmer ou répéter les trois que nous connaissons déjà et où se trouvent les éléments d'une solution satisfaisante.

POLÉMIQUE ENTRE TÎRTHIKAS ET BOUDDHISTES.

§ 1. *Imputation dirigée contre le Buddha; textes relatifs*
à la question.

Le système de morale qui, sous l'influence d'un spiritualisme outré ou d'un mysticisme exalté, n'attache d'importance, de valeur, de réalité même qu'à l'âme et à ses opérations, dédaigne les actes du corps, les regardant comme
indifférents, et ouvre ainsi la porte aux plus honteux désordres, a été imputé à tort ou à raison à plusieurs sectes
religieuses ou philosophiques. L'une des plus anciennes parmi
ces accusations, et, en même temps, ce qui surprendra peut-
être, une des mieux précisées, est celle qui a été dirigée
contre le fondateur du Bouddhisme, le Çramana Gautama,
Çâkyamuni.

Nous connaissons trois textes qui nous éclairent sur cette
question: c'est peu, et c'est suffisant. Assurément, il y
aurait un grand intérêt à rassembler les textes épars dans le
canon bouddhique qui peuvent y avoir trait; mais il est douteux qu'ils apportassent de grandes lumières. Tout porte à
croire qu'ils ne feraient guère autre chose que confirmer ou
répéter les trois que nous connaissons déjà et où se trouvent
les éléments d'une solution satisfaisante.

§ 2. *Les dix actions défendues et leur division tripartite.*

Marquons d'abord le point du dissentiment.

Les Aryens de l'Inde (comme ceux de la Perse) distinguent entre les actes du corps, les actes de la parole et les actes de la pensée. Dans l'Inde, on compte trois actes du corps (meurtre, vol, adultère), — quatre de la parole (mensonge, médisance, injures, bavardage) — trois de la pensée (convoitise, haine, erreur). Là-dessus, brahmanistes et bouddhistes sont d'accord. L'énumération donnée par Manu (XII, 3) ne diffère pas dans le fond de celles qui est répétée à satiété dans les livres bouddhiques. Les expressions sont souvent identiques ou ne présentent que des nuances insignifiantes. Il y a plus : les Bouddhistes donnent des dix actions défendues une définition qui convient parfaitement aux Brahmanes ; même pour la dixième, que les Bouddhistes désignent par le nom de „vues fausses", et qui semble leur fournir l'occasion de marquer nettement ce qui les sépare de leurs contradicteurs, on ne trouve pas, dans la définition qu'ils en donnent, un mot que les Brahmanes pussent désavouer. A ne considérer que la liste des dix actions défendues, l'accord entre les Bouddhistes et les Brahmanistes semble complet et inaltérable.

Je n'insiste pas sur cette particularité que Manu, dans son énumération, met les actes du corps en dernier et les actes de l'esprit en premier, tandisque l'énumération bouddhique finit par les actes de l'esprit et commence par ceux du corps. Il n'y a aucune conclusion certaine à tirer de cette variété de disposition ; la seule à laquelle on pourrait arriver serait contredite par celle qui se déduirait de considérations d'un ordre différent et bien autrement justifiées.

Y a-t-il parité entre les trois catégories d'actes ? Ont-ils la même valeur ? ou y a-t-il des distinctions à faire, une valeur relative à déterminer ? Là est le point du débat [1]). Notre intention n'est pas de donner à cet examen toute l'étendue qu'il pourrait avoir. Nous voulons simplement déterminer: 1° ce qu'on attribuait au Buddha et qui le lui attribuait: — 2ᵉ sur quoi portait sa querelle avec ses adversaires et quelle forme elle prenait; — 3° quelle était sur la question posée sa véritable pensée.

§ 3. *Reproche adressé au Buddha de regarder les actes du corps comme indifférents.*

L'épisode qui sert d'introduction au Sûtra pâli intitulé *Mahâ-karma-vibhanga* et forme à lui tout seul comme un texte à part, fait connaître quel système on attribuait au Buddha. Voici cet épisode:

Un membre de la confrérie, initié depuis trois ans (ce qui est considéré comme peu de chose), Samriddhi se livrait à la méditation dans la forêt, quand un parivrâjaka, ascète errant, désigné simplement comme „le fils de Potali", venant à passer, lie conversation avec lui et lui soutient que, pour le Buddha, les actes du corps et de la parole sont vains (*moghâ*), ne comptent pas, n'existent pas, que les actes de l'esprit sont seuls réels, et il ajoute qu'il le tient du maître lui-même. Samriddhi se récrie, prétend que c'est là une calomnie. Le fils de Potali lui demande alors ce qu'éprouve l'être qui a fait un acte soit du corps, soit de la parole, soit de la pensée. Samriddhi ayant répondu que cet être éprouve de la douleur, le fils de Potali continue son chemin sans faire aucune observation.

Les paroles du fils de Potali ont troublé Samriddhi; il s'empresse d'aller consulter Ananda qui, ne se sentant pas lui-même bien sûr, ne voit rien de mieux à faire que de s'adresser

---

1) Dans toute cette discussion, les actes du corps et ceux de la bouche ou de la parole doivent être considérés comme formant une seule même catégorie. On les oppose tous ensemble aux actes de l'esprit.

au maître en personne. Ils vont donc ensemble trouver Bhagavat pour lui soumettre le cas. Bhagavat répond d'abord qu'il n'a aucun souvenir d'avoir jamais vu le fils de Potali et de lui avoir parlé. Donc ce personnage est un menteur et son assertion est une calomnie. Ensuite il critique vivement la réponse incomplète de Samriddhi qui aurait dû dire que, à la suite d'un acte soit du corps, soit de la parole, soit de la pensée, on éprouve de la peine ou du plaisir, ou l'on n'éprouve ni l'un ni l'autre, selon la nature de l'acte.

Ce préambule du *Mahâ-karma-vibhanga* appelle ainsi l'attention sur deux points essentiels: 1º la valeur respective des trois classes d'actes: 2º la variété des effets des actes selon la nature même de ces actes.

Dans l'exposé même du *Karma-vibhanga*, le Buddha traite ces deux points et réfute à la fois „le fils de Potali" et Samriddhi. Il réfute le „fils de Potali" en ne faisant aucune différence entre les actes du corps, de la parole et de la pensée (en quoi il va peut-être trop loin, car il faisait, en réalité, une différence entre les actes); il réfute Samriddhi en montrant la diversité des conséquences des actes.

§ 4. *Qui faisait ce reproche au Buddha? Etait-ce une erreur ou une calomnie?*

Le début du *Mahâ-karma-vibhanga* nous montre donc le Buddha calomnié et incompris; — incompris par qui? par un membre de la confrérie qui depuis trois ans écoutait ses leçons; — calomnié par qui? par un des siens ou par un étranger? C'est ce que nous avons à examiner.

Le fils de Potali est un parivrâjaka. Mais qu'est-ce qu'un parivrâjaka? Un ascète errant, en quête d'une école à laquelle il puisse se rattacher, et gardant quelquefois son indépendance. Telle est, croyons-nous, l'idée qu'on doit s'en faire. Parivrâjaka, dit-on, désigne quelquefois les moines bouddhistes; mais ce doit être par suite d'une dérogation au sens primitif, d'une application à l'espèce du terme générique.

Il est à remarquer cependant que ce parivrâjaka le „fils de Potali" revendique la qualité de moine bouddhiste; il reproche à Samriddhi initié depuis trois ans de n'être qu'un „nouveau bhixu (*nava-bhikkhu*)"; il se vante d'être lui-même „un vieux bhixu (*thero bhikkhu*)", employant ainsi des termes connus pour être essentiellement bouddhiques. Il parle du Buddha comme de son maître. Comment faut-il entendre cette allégation? Est-ce un mensonge pur et simple comme celui qu'il avait fait précédemment en attribuant au Buddha un langage que celui-ci n'avait pas tenu? Ou est-ce une moquerie? Ou bien encore ce personnage aurait-il fait jadis partie de la confrérie qu'il aurait ensuite quittée de gré ou de force? Ou enfin cela signifie-t-il simplement que les parivrâjakas, allant partout, écoutant tous les docteurs, s'attachant passagèrement à toutes les écoles, se regardaient volontiers comme appartenant à toutes et à chacune, tant qu'ils n'en avaient pas adopté une à l'exclusion des autres? Cette dernière supposition nous semble être celle qui résout le mieux la difficulté.

Dans le *Mahâ-karma-vibhanga*, le Buddha, avant de faire sa leçon, distingue entre les Parivrâjakas „adonnés à l'erreur, fous, bornés", et ceux qui connaîtront sa doctrine. Il s'agit donc bien de gens qui ne lui appartiennent pas, mais dont il se flatte d'attirer à lui quelques uns.

Dès lors, on peut se demander si l'imputation dirigée par le „fils de Potali" contre le Buddha est une calomnie dans toute la rigueur du terme. Il pouvait fort bien avoir entendu parler le Buddha, sans s'aboucher avec lui, en se mêlant simplement à la foule de ses auditeurs, avoir mal compris l'enseignement, et en donner un résumé inexact. Il pouvait aussi se faire simplement l'écho de la rumeur publique. Dans tous les cas, il l'était. Il est certain, en effet, qu'il ne s'agit pas ici d'une opinion individuelle ou d'une interprétation personnelle du système de Çâkyamuni sur la morale. Le fils de Potali, quelle que fût sa situation réelle dans la moinerie indienne du temps, quelles que fussent ses lumières et sa bonne foi, ne faisait que répéter ce que tout le monde disait, en attribuant au Buddha l'idée que les actes du corps sont comme s'ils n'existaient pas. La malignité était sans doute pour beaucoup dans cette fausse imputation: l'erreur involontaire, l'ignorance des disciples qui ne comprennent pas leur maître, ignorance dont notre texte nous offre un exemple auquel il serait facile d'en ajouter bien d'autres, y était bien pour quelque chose. Il n'y a point de fumée sans feu; et le Buddha professait une doctrine qui, colportée dans le public et combattue par d'autres écoles, devait nécessairement être, soit malicieusement, soit de bonne foi, mal interprétée et dénaturée. C'est ce que nous apprend le Sûtra qui porte le nom d'Upâli.

§ 5. *Opinions respectives de Nigaṇṭha et du Buddha sur les actes du corps et ceux de l'esprit.*

Ce texte met aux prises le Çramana Gautama et un de ses adversaires, l'un de ces six docteurs tîrthikas avec lesquels la tradition nous le montre constamment en lutte, Nigaṇṭha fils de Nâṭa. Seulement les deux adversaires ne se trouvent pas en présence; le Tîrthika n'affronte pas le Buddha; c'est par ses disciples qu'il combat son redoutable antagoniste. Tout d'abord, l'ermite Dîrgha de l'école de Nigaṇṭha va trouver le Buddha, lui expose la doctrine de son maître et lui demande d'expliquer la sienne. Gautama s'y prête volontiers, et Dîrgha, bien éclairé sur la question, vient faire connaître à son maître Nigaṇṭha entouré de ses disciples le résultat de sa visite. Un des disciples de Nigaṇṭha, le maître de maison Upâli, entendant ce compte-rendu, est tellement

indigné des erreurs du Buddha qu'il veut partir sur le champ
pour le confondre. On cherche en vain à retenir cet homme
trop zélé; il part et engage avec l'adversaire une discussion
dont le résultat est que Upâli quitte l'école de Nigaṇṭha
pour celle de Bhagavat qui, après l'avoir réduit par ses arguments, le séduit par l'aménité de ses manières. Ce Sûtra
est très curieux et instructif en ce qui touche les relations
des sectes rivales entre elles et ce qu'on pourrait appeler
le mouvement scolaire de l'Inde à une certaine époque. Mais
nous n'avons à considérer ici que deux parties de ce texte:
l'entretien de Dîrgha et de Gotama qui nous offre l'exposé
des systèmes de Nigaṇṭha et du Buddha, l'entretien d'Upâli et du
Buddha dans lequel nous voyons par quels arguments le Buddha
défendait sa thèse et combattait celle de son adversaire.

Tout d'abord, les deux antagonistes diffèrent sur le nom
à donner aux conséquences des actes: Nigaṇṭha les appelle
„Châtiment'' (*Daṇḍa*), le Buddha les appelle „acte'' (*Karma*).
Nigaṇṭha n'est préoccupé que d'une chose: la souffrance qui
est la punition du mal; pour lui, l'essentiel est d'y échapper.
C'est là incontestablement une conception étroite, terre à
terre, basse et incomplète. Le Buddha voit avant tout l'acte
quelqu'il soit et identifie avec cet acte la conséquence inévi-
table qui s'y rattache. S'il y a un degré de moralité supé-
rieur à ne pas disjoindre l'acte et sa conséquence, il y a un
inconvénient réel à confondre deux choses qui, en dépit de
la force du lien qui les unit, sont parfaitement distinctes.
Ce mot *Karma* est un embarras dans le Bouddhisme; il
signifie „acte'' et désigne plus souvent les conséquences des
actions que les actions elles-mêmes. L'homme heureux a un
bon Karma, le malheureux un mauvais Karma; mais le bon-
heur et le malheur sont la conséquence, la suite, et comme
la continuation d'actes accomplis antérieurement. La philo-
sophie bouddhique n'a pas, que nous sachions, de terme pour
distinguer les actes de leurs effets.

Comme il y a trois sortes d'actions coupables, Nigaṇṭha distingue trois châtiments: celui du corps, celui de la parole, celui de la pensée, et, se fondant sans doute sur le principe proclamé par Manu (XII, 8) qu'on est puni dans son corps des péchés du corps, dans l'organe de la voix des péchés de la parole, dans son esprit des péchés de l'esprit, il considère le „châtiment" du corps et celui de la parole (qui, en réalité, n'en font qu'un) comme étant de beaucoup les plus graves; le châtiment de l'esprit n'est rien auprès d'eux. C'est à dire que Nigaṇṭha envisage seulement les actes coupables et punissables, et, parmi ceux-ci, les actes extérieurs, visibles et tangibles, se manifestant par des phénomènes extérieurs qui affectent les organes corporels. Tout ce qui est purement mental et n'apporte aucun dommage apparent le laisse froid et indifférent; cela n'existe pas pour lui.

Le Buddha soutient la thèse opposée. Pour lui, les actes de la pensée, les faits internes sont les plus importants, les plus graves; les actes extérieurs, ceux du corps et de la parole le sont bien moins que ceux de l'esprit.

Tel est le débat soulevé entre les deux docteurs rivaux. Il s'agit de déterminer la valeur respective des faits externes, actes et paroles, et des faits internes, actes de l'esprit. Aucun des deux adversaires ne les considère comme égaux et de même importance: seulement Nigaṇṭha attribue aux actes externes une gravité plus grande qu'aux actes internes; au contraire, le Buddha attribue aux actes internes une gravité plus grande qu'aux autres. C'est le oui et le non, une opposition de doctrine complète et absolue.

Par quels arguments les deux adversaires se défendaient-ils et attaquaient-ils la thèse opposée à la leur?

On ne nous fait pas connaître l'argumentation de Nigaṇṭha. Les Sûtras bouddhiques sont un peu comme ces journaux politiques qui, rendant compte de débats legislatifs, reproduisent tout au long les discours des orateurs de leur parti, sans se soucier de faire connaître ceux des orateurs du parti adverse autrement que par d'insignifiants, sinon malveillants résumés. Donc silence absolu sur l'argumentation du Tîrthika, mais détails complets sur celle du Buddha, voilà ce qu'on trouve dans l'Upâli-sutta. C'est dans l'entretien entre le Buddha et Upâli que se place cette argumentation. Elle porte au plus haut degré le caractère bouddhique et surtout indien.

§ 6. *Argumentation du Buddha contre Nigaṇṭha.*

1*er* *Argument.* Un malade refuse les médicaments ou les aliments qui peuvent le sauver et ne veut accepter que ceux qui doivent le perdre. Il exige des boissons froides quand il lui en faut de chaudes ou des boissons chaudes quand il lui en faut de froides [1]). Il meurt. Qui l'a tué? son entêtement, sa volonté mal dirigée, un acte de l'esprit. Le commentaire explique ainsi la conclusion: mais le texte la présente sous la forme la plus bizarre, la renaissance du malade décédé s'accomplissant, selon les idées de Nigaṇṭha lui-même, chez les dieux Manosattas, c'est-à-dire, „adonnés à l'Esprit". Et par là Nigaṇṭha avoue lui-même, sans le savoir, cette supériorité de l'esprit et des actes de l'esprit qu'il conteste.

2*e* *Argument.* Un homme se trouve plongé dans l'eau; il ne peut faire un mouvement sans écraser une foule d'êtres vivants. Est-il coupable de ce carnage? — Non, répond le disciple de Nigaṇṭha. — Et pourquoi? — Parce que cette destruction d'êtres n'est pas intentionnelle. Il y aurait culpabilité si le meurtre était volontaire. Donc ce qui apporte le châtiment, ce n'est pas l'acte du corps, le fait d'écraser

---

1) Je donne à l'argument une portée un peu plus générale: dans le texte, le malade supposé est Nigaṇṭha lui-même, qui refuse des boissons froides, quand il lui faudrait absolument en prendre pour ne pas mourir. L'abstention de boissons froides faisait partie du système de Nigaṇṭha. C'est là une sorte d'argument *ad hominem*.

des êtres vivants, c'est l'intention de les écraser, un acte de l'esprit.

3ᵉ Argument. Un homme vulgaire viendra, le glaive en main, se faisant fort d'exterminer tout un peuple! A quoi aboutit cette prétention? — A rien. — Mais qu'un Çramana ou un Brahmane, arrivé par la science à la puissance surnaturelle, se vante de pouvoir réduire une ville en cendres: que faut-il en penser? — Il n'a qu'à vouloir et la ville sera incendiée. — Les actes de l'esprit ont donc une bien autre valeur que les actes du corps.

La ruine de plusieurs royaumes détruits en punition d'offenses faites à de saints personnages, rappelée dans le texte et racontée tout au long dans le commentaire, n'est qu'une illustration de ce troisième argument qui est peut-être le plus frappant pour les Indiens, mais n'est pas le plus décisif pour la solution de la question.

Ces trois arguments, dégagés des éléments indiens qui leur donnent une physionomie particulière, reposent sur ce principe: Les actes extérieurs supposent un acte intérieur, mental, qui les inspire et les dirige; les actes extérieurs valent ce que vaut l'acte mental. Si l'acte mental n'existe pas, comme dans le cas de meurtre involontaire, l'acte extérieur, quelle qu'en soit la gravité, est comme s'il n'existait pas non plus. Si l'acte mental existe, l'acte extérieur sera d'autant plus grave que la pensée le sera elle-même. Un fou qui veut causer de grands malheurs ne fait éclater que son impuissance, tandisqu'un sage, fécond en ressources, cause de redoutables calamités. Mais ici, l'argumentation est en défaut; il y a un véritable sophisme, dû sans doute à la fascination produite sur les esprits indiens par les idées de puissance surnaturelle. On confond deux choses fort distinctes, la volonté et l'intelligence. Le fou (c'est à dire l'ignorant) qui veut tuer des milliers d'êtres avec son glaive peut être plus inoffensif que le sage animé du désir de réduire une

ville en cendres, il n'est pas plus innocent. Il fallait distinguer entre les actes nuisibles accomplis sans intention, et
par conséquent dénués de culpabilité, les intentions criminelles qui, pour une raison ou pour une autre, n'aboutissent
pas, mais n'en sont pas moins criminelles, et les intentions
perverses réalisées qui nous montrent la pensée traduite par
les faits. Quoiqu'il en soit c'est la pensée, l'acte mental, la
volonté qui détermine la moralité. Le Buddha l'a bien compris, s'il n'a toujours employé le meilleur moyen de le faire
comprendre.

§ 7. *Subordination, selon le Buddha, des actes du corps à ceux de l'Esprit.*

Pour achever cet exposé nous citerons un discours du
Buddha qui achève de faire voir sa pensée sur ce point et
par lequel il enseigne très clairement la subordination des
actes extérieurs du corps et de la parole aux actes internes
de l'esprit. Ce discours se trouve dans l'Anguttara Nikâya
(Dasa-Nipâta I, 8).

L'orateur prend successivement les actes du corps et ceux
de la parole (meurtre, vol, adultère, mensonge, médisance,
injure, bavardage) et enseigne que chacun d'eux peut s'ac-
complir de trois manières différentes, selon qu'il a pour cause
la cupidité, la haine ou l'égarement d'esprit. Ainsi ces trois
péchés intellectuels existent, mais ils restent cachés, invi-
sibles; ils ne se manifestent que lors qu'ils inspirent un des
sept actes extérieurs du corps ou de la parole. On tue, on
vole etc. par ce que l'on convoite, que l'on hait on que l'on
a l'esprit troublé par de fausses idées. Un des trois actes
de la pensée préexiste à l'un quelconque des sept actes du
corps. C'est que le corps n'est qu'un instrument et ne fait
qu'exécuter les desseins de l'esprit en qui réside la combi-
naison et la volonté, et d'où part l'impulsion.

§ 8. *Conclusion. Supériorité du système du Buddha.*

Nous ne connaissons les adversaires du Bouddhisme que par la littérature bouddhique, c'est à dire par les écrits de leurs ennemis; peut-être ne serait-il pas équitable de juger Nigaṇṭha et son enseignement d'après les maigres détails que nous donne un traité composé par les partisans du Buddha et qui se termine par un éloge hyperbolique du chef de l'école triomphante. Il y a cependant de fortes raisons de croire que l'Upâli-suttam nous trace un tableau fidèle de la situation et que le Buddha a relevé l'enseignement de la morale en montrant l'influence qu'il faut attribuer à l'intention ou à la pensée, la souveraineté qu'elle exerce ou doit exercer et la subordination étroite des actes externes du corps aux actes internes de l'esprit. Il n'est pas étonnant qu'on l'ait mal compris ou qu'on ait à dessein dénaturé son enseignement. Les monuments qui subsistent permettent néanmoins de faire la part du vrai et celle de l'exagération ou de la calomnie.